AGNÈS DE CHATILLON,

OU

LE SIÈGE DE SAINT-JEAN D'ACRE.

OPÉRA HÉROÏQUE A GRAND SPECTACLE,

EN TROIS ACTES ET EN VERS;

Représenté pour la première fois sur le Théâtre de la rue de Louvois, le 12 Mai 1792.

PAR M. PLANTERRE.

Musique de M. DE LOISE.

PRIX 25 sous.

A PARIS,

Chez FROULLÉ, Imprimeur-Libraire, Quai des Augustins, n°. 39.

1792.

ACTEURS.

AGNÈS DE CHATILLON,	
PHILIPPE AUGUSTE,	Roi de France.
GUI DE CHATILLON,	époux d'Agnès.
HASSAN, OMAR,	fils de Saladin.
ANSELME,	Troubadour.
ROBERT,	ancien Ecuyer de Chatillon
ALBERIC,	Officier Français.
RICHARD COEUR DE LION,	Roi d'Angleterre.
FRÉDÉRIC BARBEROUSSE,	Empereur d'Allemagne.
TROUBADOURS,	des deux sexes.
FEMMES,	Françaises.
UN OFFICIER,	Sarasin.
SOLDATS,	Français, Anglais, Alleman
SOLDATS,	Sarasins.
NOIRS,	personnages muets.
PEUPLES,	Sarasins.

La Scène est en Syrie.

AGNÈS DE CHATILLON,

OU

LE SIÉGE DE SAINT-JEAN D'ACRE.

ACTE PREMIER.

Le Théâtre représente une salle du Palais des anciens Gouverneurs d'Acre.

SCÈNE PREMIÈRE.

AGNÈS DE CHATILLON.

O TOI ! noble auteur de mes jours,
Pourrais-tu dans ces lieux reconnaître ta fille ?
Tu crus par mon hymen relever ta famille,
Le Ciel t'a refusé ce précieux secours.
Et toi mon digne époux, toi l'honneur de la France
Chatillon, pensais-tu que ces nœuds pleins d'attraits,
Ces nœuds ta plus chère espérance ;
Un barbare ennemi dût les rompre à jamais !
C'est dans ces mêmes lieux défendus par tes armes,
C'est dans Acre, où jadis tu commandais en Roi,
Que ton épouse en proie aux plus vives allarmes,
Languit captive et loin de toi.

Air.

C'est pour ta gloire, ô mon Dieu que j'implore,
Que mon époux livra tant de combats !
Dis-moi, si je n'ai plus qu'à pleurer son trépas,
Ou si je dois m'attendre à le revoir encore.
Toi seul du sort qui m'outrage
Peus adoucir la rigueur ;
Dans ce palais triste et sauvage,
Ramène Chatillon vainqueur ;
Qu'il finisse mon esclavage.
Ou si l'espoir est perdu pour mon cœur,
Donne-moi le courage
De supporter mon malheur.

SCÈNE II.

AGNÈS DE CHATILLON, ANSELME, quatre NOIRS.

(*Les Noirs portent des présens consistans en étoffes d'or, vases, etc. Anselme en entrant leur fait signe de les poser sur une grande table, qui se trouve sur un des côtés du théâtre à gauche du Spectateur ; ils se retirent ensuite dans le fond de la scène.*)

ANSELME.

Madame, Hassan votre maître et le mien.....

AGNÈS.

Esclave, que dis-tu ? tu peux avoir un maître,
Tu peux ramper, ton cœur vil ne sent rien ;
Moi, je n'en connais point et n'en veus point connaître,
Je suis Française et libre.

ANSELME.

He bien!
Madame; Hassan Gouverneur de la ville,
Un des fils du grand Saladin,
Vous donne le bonjour, non pas bonjour stérile;
Bonjour d'usage.... mais.... enfin,
(*Il lui fait remarquer les présens.*)
Tenez, voyez.

AGNÈS.

Je lui rends grace,
On peut de son ami, recevoir des bienfaits,
Mais, de son ennemi, jamais.

ANSELME (*aux Noirs.*)

Allez, Madame accepte. (*Les Noirs s'en vont.*)

AGNÈS.

Quelle audace!
J'étais donc réservée à cet excès d'horreur!
Qu'un Sarasin farouche insulte à ma douleur;
Je puis souffrir ses injustices.
Mais toi, jadis Français.... toi que tu m'avillisses...!
C'est le comble des maux dont s'indigne mon cœur.

ANSELME.

Nous voilà seuls, Madame, et je puis vous répondre.

AGNÈS.

Non, laisse moi, lâche....

ANSELME.

Ecoutez,
Les reproches peuvent confondre,
Mais quand on les a mérités.

AGNÈS.

Perfide !

ANSELME.

Oui, je le suis, Madame, et m'en fais gloire.
Je le suis, pour servir et vous et les Français,
Confident des Emirs.... j'évente leurs projets.
Ma conduite est étrange et difficile à croire,
Et pour vous en convaincre écoutez mon histoire.
Je suis le fils d'un de ces troubadours
Que le Roi Louis VII conduisit en Syrie;
Mon père au déclin de ses jours
Ne voulut pas regagner sa patrie.
Il s'établit dans Acre avec ses compagnons.
Ses talens l'avaient mis dans une honnête aisance,
Je suivis son état, ici nous nous plaisions,
Et quand on vit dans l'opulence,
Quand on voit des Français on est toujours en France.
Les Sarasins depuis assaillirent ces lieux,
Vous savez qu'en ce temps, votre époux glorieux,
Faisait ailleurs la guerre, et ne put nous défendre.

AGNÈS.

Trop fatal souvenir!

ANSELME.

Il fallut donc nous rendre,
Vous et tous les Français, alors que faisiez vous?
Des lamentations, des plaintes inutiles,
Et moi, sans recourir à ces moyens stériles,
Je formai le projet de nous soulager tous.
La fortune, me dis-je, élève, abat les hommes
Sans consulter leur intérêt,
Elle nous prend comme nous sommes,
He bien! prenons-la comme elle est.

Le Sultan Saladin poursuivant ses conquêtes ;
Pour commander ici laissa deux de ses fils ;
A leur cour je m'introduisis,
Ma gaîté, mes chansons, mes fêtes,
Me gagnèrent nos ennemis,
Et je me vis bientôt un de leurs favoris.
Omar fier et superbe, est jaloux de son frère ;
Je fus son confident ; Hassan est généreux,
Je devins son ami ; je sus plaire à tous deux
En saisissant leur caractère ;
Ainsi de nos captifs j'adoucis la misère,
Sans paraître sur-tout m'employer trop pour eux.
Je fis plus ; mais point de colère,
C'est par mes soins qu'Hassan prit dans vos yeux
Cet amour dont j'attends l'effet le plus heureux.

AGNÈS.

Quoi ! ces dons, ces égards, dont toujours on m'obsède.... ?

ANSELME.

Tout cela vient de moi, vous allez vous fâcher,
Madame, il me fallait un aide.

AGNÈS.

Mais....

ANSELME.

Ecoutez, avant de me rien reprocher,
Le Brabant, vous savez, l'Angleterre et la France,
Ont fait les frais d'une croisade immense.
Le Roi Philippe même est aux pieds de ces murs,
Il fait aux Sarasins tout le mal qu'on peut faire,
Croyez-vous qu'en ces lieux nos jours seraient bien sûrs,
Si je m'étais servi d'un moyen ordinaire ?
Mon crédit, ma faveur, sont sans doute à l'excès
Puisque je suis chargé d'assez fréquens messages,
Au camp de Saladin, et même au camp Français,
Et que ce firman là m'ouvre tous les passages.
(*Il montre un parchemin.*)

Mais puis-je appaiser seul deux maîtres absolus?
D'ailleurs à chaque instant l'orage est sur ma tête,
Nos parens, nos amis quand je ne serai plus,
Resteraient sans secours en butte à la tempête,
Il fallait donc quelqu'un dont l'esprit, les attraits,
Secondant....

AGNÈS.

C'est assez, je conçois vos projets,
Hassan a des vertus, sans doute,
Et ce n'est pas lui que je crains,
Mais, son frère peut-être a d'étranges desseins
Que j'entrevois et je redoute.

ANSELME.

Ménagez-les tous deux, Madame, imitez-moi.

AGNÈS.

Anselme, que dis-tu? moi, m'abaisser à feindre!

ANSELME.

Le grand malheur! j'ai bien pu m'y contraindre.

AGNÈS.

Trahir mes sentimens!

ANSELME.

Tout vous en fait la loi.

AGNÈS.

Non, jamais.

ANSELME.

Il le faut, tout doit vous le prescrire;
Il faut que vos discours, vos soins,
Secondent désormais le zèle qui m'inspire.
Depuis long-temps je voulais vous instruire,
Je n'ai pu jusqu'ici vous parler sans témoins.

Mais en ne m'aidant pas, du moins
Dans mes projets gardez-vous de me nuire;
Si tromper est un mal, me laissant tout conduire,
Ce n'est pas vous qui le ferez;
Et si je réussis, vous en profiterez.
Hassan paraît.

SCÈNE III.

AGNÈS DE CHATILLON, ANSELME, HASSAN.

HASSAN.

Mon aimable captive
En acceptant mes dons a comblé tous mes vœux,
Et permet quelqu'espoir à mon ame craintive;
Mais ne suis-je plus à vos yeux
Un maître que l'on fuit? un tyran qu'on abhorre?
Ah! rassurez vous-même un amant malheureux,
Confirmez un bonheur dont mon cœur doute encore.

AGNÈS (*avec embarras.*)

Seigneur..... Anselme.....

ANSELME (*l'interrompant vivement.*)

Oui, Madame a raison.
Les présents ne sont rien, Seigneur, c'est la façon,
La manière dont on les donne. . . . .
Par qui jusqu'à présent les aviez-vous offerts?
Par des muets : messagers bien experts!
Sur-tout près d'une femme.

HASSAN.

Ah! qu'elle me pardonne!

(*Air.*)

Hélas ! suis-je à moi-même
Employé tour-à-tour
Aux travaux de la guerre, aux soins de mon amour ;
Dans ce désordre extrême
Suis-je encore à moi-même ?
Au milieu du fracas des armes
Vous êtes présente à mes yeux ;
Pour me brûler de tous ses feux,
L'amour vous vous prêta ses charmes.

AGNÉS.

Seigneur, en quels momens tenez-vous ce langage ?
La trève, vous savez, ce soir doit expirer.

HASSAN.

Oui, mais au Roi Français j'ai fait faire un message,
Et j'ai tout sujet d'espérer
Qu'elle nous sera prolongée.
Que je me plais, Madame, à voir dans votre Roi,
Un ennemi digne de moi !
Et que vous êtes bien vengée !
Pourquoi faut-il que le Ciel en courroux
Désunisse des cœurs que la vertu rassemble ?
J'aimais tant les Français..... Il m'eût été bien doux
De pouvoir accorder ensemble,
Mon amitié pour eux et mon amour pour vous.

AGNÉS.

Hélas ! .....

HASSAN.

Mais quoi ! vous soupirez sans cesse.

AGNÉS.

Seigneur.....

HASSAN.

Pourquoi cette tristesse ?

ANSELME,

ANSELME.

Madame, pardonnez, dussai-je être indiscret,
Je dirai tout, je crois savoir votre secret;
Oui, Seigneur, j'ai souvent entendu ses murmures,
Excepté vous, et votre frère et moi,
Qui voit-elle en ces lieux qui n'inspire l'effroi?
Des noirs, des muets, des figures.....
Dont les noms seuls sont des injures;
Quand elle se rappèle un seul jour de Paris,
Où les plaisirs, les jeux sont réunis
Pour endormir les chagrins de la vie;
Et lorsque, sans sortir des plaines de Syrie,
Elle se ressouvient qu'en ce même palais
Tous les cœurs étaient ses conquêtes,
Et que nos Troubadours, au gré de ses souhaits,
Marquoient tous ses instans par de nouvelles fêtes.
Convenez en Seigneur, une jeune beauté
N'a pas en pareil cas grand sujet de gaîté.

HASSAN.

Oui, tu m'ouvres les yeux, quoi! j'ai pu la contraindre
A vivre seule en proie aux larmes, aux regrets!
Elle n'aura plus désormais
Ce juste sujet de se plaindre.
Vas rassembler tes Troubadours
Et ses compagnes d'infortune;
Je veux que les plaisirs, variés tous les jours,
Chassent de son esprit toute idée importune.

ANSELME.

(*A part.*) (*Haut.*)
Bravo....! Seigneur, ils vont venir, je cours.
Nous allons donc danser! j'en meurs d'impatience;
Et vive la gaîté, la musique et la danse!

(*Il sort.*)

SCÈNE IV.

AGNÈS DE CHATILLON, HASSAN.

Duo dialogué.

HASSAN.

Vous avez formé des desirs
Loin de vos compagnes fidèles :
Vous pourrez aimer les plaisirs
En les partageant avec elle.

AGNÈS.

J'ai pu former quelques desirs ;
Mais, Seigneur, dans ces jours d'allarmes,
Les jeux, les fêtes, les plaisirs,
Ont perdu pour moi tous leurs charmes.

HASSAN.

L'amour embellit tout.

AGNÈS.

C'est tarder trop long-temps,
Et je vous dois l'aveu de mes vrais sentimens.....
Je ne puis être à vous.

HASSAN.

O sort impitoyable !
Vous pouvez prononcer cet arrêt qui m'accable ?

AGNÈS.

En flattant votre espoir, je deviendrais coupable.

HASSAN.

J'aurais fait mon bonheur
En assurant le vôtre.

AGNÈS.

Le Ciel dans sa rigueur
Ne nous fit pas l'un pour l'autre;
J'ose exiger encor de vos généreux soins
Que vous me permettiez de retourner en France.

HASSAN.

Ah! cet effort est-il en ma puissance?

AGNÈS.

De vos bontés je n'espère pas moins.

HASSAN.

Eh bien, Madame!.... (*à part.*) Ah! combien il m'en coûte!.....
(*Haut.*) Si mon frère y consent.....

AGNÈS.

Vous pouvez tout, sans doute.

AGNÈS.	HASSAN.
Honneur, devoir, amitié pure, Ranimez son cœur éperdu. Ah! c'est l'effort de la nature, Le triomphe de la vertu!	Honneur, devoir, amitié pure, Ranimez mon cœur éperdu. Ah! c'est l'effort de la nature, Le triomphe de la vertu!

SCÈNE V.

AGNÈS DE CHATILLON, HASSAN, un OFFICIER Sarasin.

L'OFFICIER.

SEIGNEUR, du haut des tours qui bordent le rempart,
On découvre une escadre immense;
Et l'on ne sait si c'est la flotte de Richard
Ou celle d'Aly qui s'avance;
De cet évènement j'ai dû vous faire part.

HASSAN.

Allez ; je vais la reconnaître. (*L'Officier sort.*)

SCÈNE VI.

AGNÈS DE CHATILLON, HASSAN.

HASSAN. (*Il fait deux pas et revient.*)

Pour peu d'instans je m'éloigne de vous.....
Je me plais à penser, n'étant pas votre époux,
Que vous m'accorderez, peut-être,
Un titre dont je suis jaloux ;
Et votre ami fera connaître
Qu'il en méritait un plus doux. (*Il sort.*)

SCÈNE VII.

AGNÈS (*seule.*)

Oui, généreux Hassan, oui, vous êtes sans doute
Le modèle des vrais amis ;
Puisse le sentiment, qui nous est seul permis,
Adoucir les chagrins que votre amour vous coûte !

SCÈNE VIII.

AGNÈS DE CHATILLON, OMAR, Gardes.

OMAR.

(*Récitatif.*)

En ma faveur enfin Saladin s'intéresse,
Et voici l'écrit qu'il m'adresse :

(*Il lit.*)

« Mon fils, puisque d'hymen tu veux subir la loi,
» Epouse ta captive et la conduis vers moi. »

(*Air.*)

En obéissant à mon père,
Je remplis un devoir bien doux;
L'hymen qui va m'unir à vous
A su désarmer sa colère.

Contre moi long-temps irrité,
Il met un terme à sa vengeance,
Et le pardon de mon offense
Est l'ouvrage de la beauté.

AGNÈS.

Ainsi donc Saladin veut combler mon malheur!
Que dis-je? il m'insulte et me brave!
Il dispose à son gré de ma main, de mon cœur;
Mais enfin qu'il apprenne, et vous aussi Seigneur,
Que je suis sa captive, et non pas son esclave.

OMAR.

Madame, supprimez ces mots injurieux;
Par-tout vous êtes souveraine.
(*Voyant les présens.*)
Mais..... quels objets frappent mes yeux?
Ces dons sont bien choisis..... On devine sans peine
Qu'Hassan est plus habile, ou du moins plus heureux.

AGNÈS.

Vous savez, Seigneur, que j'ignore
Quel est le sort de mon époux;
Mais qu'il soit mort, ou qu'il respire encore,
Je ne puis écouter votre frère ni vous.

(*On entend dans la coulisse le bruit des instrumens.*)

OMAR.

Quel bruit entends-je?

AGNÈS (*à part.*)

Anselme ! ..... ô ciel ! quelle disgrace
Inspire-moi ce qu'il faut que je fasse.

SCÈNE IX.

LES MÊMES, ANSELME, Troubadours des deux sexes, portant des instrumens..

ANSELME (*aux Troubadours en entrant.*)

ALLONS, entrez mes bons amis.

(*à Omar, qu'il prend pour Hassan, leur Doliman, étant de même couleur.*)

Vous le voyez, Seigneur, vos ordres sont suivis.

OMAR (*très-fort.*)

Mes ordres ?

ANSELME.

(*à part.*) (*se remettant.*)

Ciel....! Non pas précisément les vôtres, Seigneur.

OMAR (*à part.*)

Contraignons-nous.

ANSELME.

Mais d'autres ;
Pour fêter la beauté le desir est commun,
Votre frère ou vous..... c'est tout un.

OMAR (*s'approchant d'Agnès en disant sur le même ton qu'elle.*)

Je ne puis écouter, ni vous..... ni votre frère.....

AGNÈS.

Seigneur.....

OMAR.

On voit du moins que vous êtes sincère.....

ANSELME (*à Omar.*)

Mais, peut-être, Seigneur, que la danse aujourd'hui
N'est pas

OMAR (*d'un ton concentré.*)

A dire vrai..... l'instant est mal choisi.....

ANSELME (*à part.*)

Oui, je le crois.

OMAR.

Ce soir la trève expire.....
Mais Madame le veut, mon frère le desire,
Et je dois penser comme lui.
Puisque pour Madame on l'apprête,
Allons, commencez votre fête.

(*Il donne la main à Agnès, et ils s'asseyent sur des fauteuils près la table.*)

SCÈNE DES TROUBADOURS.

DANSE GÉNÉRALE.

Entrée d'un Danseur galant.

CONTRE-DANSE.

Entrée d'un Berger et d'une Bergère.

(Quand ils ont dansé un pas de deux, le Galant arrive auprès de la Bergère, et lui déclare sa passion. Anselme chante les couplets suivans, en s'accompagnant d'un violon pendant les couplets, et d'un tambourin pendant les refreins.)

(*N. B.* Il porte son tambourin par sa bandoulière, au milieu du bras, comme les Provenceaux; ce qui ne l'empêche pas de jouer du violon; et son archet, garni au bout d'une petite boule d'yvoire, lui sert de baguette pour les refreins.)

ANSELME.

Premier Couplet.

Beau Troubadour, qui vas dansant,
D'alure si douce et si tendre,
Tu ne vois pas en ce moment
Ce qu'un rival veut entreprendre. *Bis.*

(Le Berger témoigne sa jalousie.)

Bis pour la danse et le chœur.
Allerte, gentil Troubadour,
Si ta maîtresse
T'intéresse.
Allerte, gentil Troubadour,
Un galant la poursuit d'amour.

Second Couplet.

(Ils font la pantomime indiquée par les Couplets.)

Il veut lui conter son tourment,
Mais point ne consent à l'entendre;
Sa main blanchette il lui surprend,
Mais point ne veut la laisser prendre. *Bis.*

(Le

(Le Berger poursuit le Galant en le menaçant.)

Bis pour la danse et le chant.

Allerte, gentil Troubadour,
Si ta maîtresse
T'intéresse.
Allerte, gentil Troubadour,
Un galant la poursuit d'amour.

Troisième Couplet.

Mais il est généreux, vraiment,
Partant ne lui fait point d'esclandre.

(Il le menace toujours.)

Peins-lui ton amoureux tourment,
Et sa poursuite il va suspendre. *Bis.*

(Il s'adoucit, et le prie de ne pas troubler son amour.)

Bis pour la danse et le chœur.

Allons donc, gentil Troubadour,
Si ta maîtresse
T'intéresse.
Allons donc, gentil Troubadour,
Faut craindre d'effrayer l'amour.

Quatrième Couplet.

(Il redouble ses instances.)

Deviens de plus en plus pressant,
Bientôt tu vois qu'il va se rendre.

(Le Galant s'en va.)

D'elle il s'éloigne en soupirant,
Et dit qu'il n'y veut plus prétendre. *Bis.*

Bis pour la danse et le chœur.

Tu vois bien, gentil Troubadour,
Que rudesse
Ne vaut souplesse.
Tu vois bien, gentil Troubadour,
Que l'amour a vaincu l'amour.

OMAR *(se levant en colère.)*

Comment donc, ce Berger s'en va?
Il faut mourir quand on perd ce qu'on aime,
Ou perdre son rival.

ANSELME.

Oui, je pense de même;
Mais la vieille chanson est faite comme ça.

OMAR.

Que l'on m'en fasse une autre.

ANSELME (*aux Troubadours, en battant un entrechat.*)

Allons, partez de là.

(*Contredanse générale de sept à huit mesures, interrompue par l'Officier Sarasin.*)

SCÈNE X.

LES MÊMES, L'OFFICIER Sarasin.

L'OFFICIER.

Un Envoyé du camp Français
Arrive avec sa suite et demande audience.

OMAR.

Qu'il entre. .... Renforcez la Garde du Palais;
(*l'Officier sort.*)
Et vous Chrétiens, évitez sa présence.

ANSELME (*d'un air important.*)

Sortez tous.

(*Tous les Troubadours sortent avec les Turcs.*)

OMAR (*à Agnès.*)

Pardonnez; de tels soins sont peu faits.....
Ce n'est pas vous que cet ordre regarde.
Mais......

AGNÈS.

Je ne prétends point pénétrer vos secrets;
Je sors.

ANSELME (*bas à Agnès.*)

Et moi je reste. A tout je prendrai garde.

(*Agnès se retire.*)

SCÈNE XI.

OMAR, ANSELME, *Sarrasins*, CHATILLON, *suite*, ROBERT.

Marche de Français.

CHATILLON.

(*Air.*)

Le Roi mon maître et mon ami
Admire ton noble courage ;
Et je me plais à rendre hommage
Aux vertus d'un brave ennemi.
En leur disputant la victoire,
Nous reconnaissons les héros,
Et la valeur de nos rivaux
Doit ajouter à notre gloire. } *Bis en chœur.*

OMAR.

Guerrier, reçois nos vœux..... Tu dois voir
avec peine
Que le Monarque Anglais, retenu par les vents,
Est de ces bords peut-être éloigné pour long-temps,
Tandis que Saladin est toujours dans la plaine.
Hassan, mon frère, a demandé
Que pour un mois encore on prolongeât la trêve :
Ton maître y consent-il ?

CHATILLON.

Ce terme est accordé ;
Mais pour que ce projet s'achève,
Il met une condition,
Qui peut seule assurer son exécution.

Tu tiens depuis quatre ans nos femmes et nos filles,
Dans les horreurs de la captivité,
Rends-les à leurs époux, rends-les à leur familles,
Et nous signerons le traité.

OMAR.

Je ne puis sur ce point répondre sans mon frère.

ANSELME (*Reconnaissant Chatillon qu'il a vivement regardé depuis le commencement de la scène.*)

Je ne me trompe pas.

CHATILLON.

Si j'ai brigué l'emploi
De venir te porter la volonté du Roi;
Apprends que je remplis le plus doux ministère,
Qu'un intérêt bien cher m'en impose la loi.
Quand le grand Saladin, ton père,
S'empara de Ptolemaïs,
Mon épouse y vivait, et je n'ai pu depuis
Apprendre le destin d'une tête si chère;
Instruis-moi de son sort.

OMAR.

Son nom.

CHATILLON.

Tu le connais sans doute; Agnès de Chatillon.

ANSELME (*à Omar.*)

Seigneur!

OMAR (*bas à Anselme.*)

Silence (*à Chatillon*), Agnès.

(*Anselme fait des signes à Chatillon sans qu'Omar, qui est entre deux, puisse les voir.*)

CHATILLON (*à part.*)

Que dois-je croire?

(*A Omar.*)

Tu te tais.... ne sois pas généreux à moitié.

(*Anselme lui fait signe qu'oui.*)

Respire-t-elle encore?... j'implore ta pitié,
Jusqu'à présent tu fis tout pour la gloire,
Sers aujourd'hui l'hymen, l'amour et l'amitié.

SCÈNE XII.

LES MÊMES, HASSAN, *Gardes.*

HASSAN (*à Omar.*)

La flotte qu'on a vue, est trop loin de ces rives,
Et je n'ai pu....

OMAR (*avec un malin plaisir.*)

La trêve est prolongée, Hassan;
Mais il faut renvoyer les Françaises captives.

HASSAN (*avec le plus vif intérêt.*)

Toutes!

OMAR (*appuyant très-fort.*)

Toutes! Philippe à ce prix y consent.

Trio.

CHATILLON.	HASSAN.	OMAR.
Puis-je me livrer encore Au plus heureux espoir? L'épouse que j'adore Serait en mon pouvoir!	Renoncer à ce que j'adore! Dès ce jour ne plus la voir Accorde Dieu que j'implore L'amour et le devoir.	Elle n'est pas encore En leur pouveir, Aux rivaux que j'abhore J'oterai tout espoir.

HASSAN (*à part.*)

RÉCITATIF.

L'honneur le veut, et je me sacrifie!
(*A Chatillon.*)
Oui Chevalier je t'en donne ma foi;
(*Montrant Anselme.*)
Ce Troubadour va couduire à ton Roi,
Les gages précieux du traité qui nous lie.

CHATILLON.	HASSAN et OMAR.
Cette heureuse espérance Dissipe mon effroi, Je porte en assurance Ta parole à mon Roi.	Tu dois en assurance Avoir en notre foi, La même confiance Que nous avons en toi.

Grand Chœur.

Anselme.	*Soldats Français.*	*Soldats Sarasins.*
Partez en diligence, Et certains de leur foi, Portez en assurance Leurs paroles au Roi.	Partons en diligence, Et certains de leur foi, Portons en assurance Leurs paroles au Roi.	Contez en assurence Contez sur notre foi, Portez en diligence Leurs paroles au Roi.

Fin du premier acte.

ACTE II.

Le Théâtre représente, à droite du Spectateur; une partie du camp Français, dont on voit les tentes, et à gauche, au fond, des Tours et une porte de Ville; on voit au milieu du Théâtre, au fond, une grande Tour carrée dont la base est élevée de quatre pieds de terre; cette Tour est percée en face du public, d'une très-grande voûte grillée, on y arrive par un pont-levis du côté de la Ville, et une herse du côté du camp Français.

SCÈNE PREMIÈRE.

PHILIPPE, AUGUSTE, GUI DE CHATILLON, *Soldats Français.*

CHATILLON.

Oui, Sire, grace à vos bontés,
Ce jour est le plus beau, le plus doux de ma vie;
Et si l'on doit compter sur la foi des traités,
Je vais revoir mon épouse chérie.

PHILIPPE.

Mais, mon cher Chatillon, crains de trop te flatter;
Car enfin tu ne l'as point vue.

CHATILLON.

Non, mais elle respire, et me sera rendue;
Sur les signaux d'Anselme on n'en saurait douter.
(*Regardant le pont-levis.*)
Elle n'arrive point.... que l'attente est affreuse!

PHILIPPE.

Je ne me repens point d'avoir fait ton bonheur ;
Et celui d'une épouse aimable et vertueuse ;
Mais cette trêve, Ami, l'objet de ton ardeur,
A présent nous est onéreuse.
Nous savons depuis ton départ,
Que l'escadre, d'abord qu'on croyait ennemie,
Qui semblait menacer les ports de la Syrie,
Est la flotte du Roi Richard.

CHATILLON.

O ciel !

PHILIPPE.

Tu n'as pas lieu de craindre ;
Que si les Sarasins observent le traité,
Je sois le premier à l'enfreindre.
Nous devons les combattre à toute extrémité ;
Et les vraincre sur-tout en générosité.
Un despote insolent, qu'aveugle sa puissance,
Peut manquer de parole à ses rivaux vaincus ;
Mais un Chrétien, un Roi de France,
Doit à ses ennemis l'exemple des vertus.

Ariette.

Ennivré d'une vaine gloire
Laissons au farouche vainqueur
Flétrir l'éclat de sa victoire
Par une barbare fureur.
Pour nous, guidés par la clémence,
Des vaincus plaignons les malheurs ;
Soumettons-les par la vaillance,
Par la bonté gagnons leurs cœurs.

CHATILLON.

O mon Roi ! mon auguste maître !
Que l'on est fier d'être un de vos sujets ;
Quand on voit les vertus consacrer à jamais,
Le siècle heureux qui vous vit naître !
Et qu'on entend dire aux Français :
Philippe est notre Prince et méritait de l'être !

PHILIPPE.

PHILIPPE.

Mes amis ne négligeons rien,
Avant tout souvenez-vous bien
Que le camp Sarasin n'est pas très-loin du nôtre;
Ne vous éloignez pas du vôtre.
Songez, que l'univers sur nous fixe les yeux,
Que pour de grands exploits l'Europe s'est croisée;
Qu'une fois maîtres de ces lieux,
Jérusalem nous offre une conquête aisée.
N'oubliez pas, sur-tout, que les plus hauts projets,
Dépendent de l'accord du Prince et des sujets;
Amour, tendres soins, vigilance,
Voilà ce que toujours vous trouverez en moi:
A l'honneur, à vos loix entière obéissance,
Voilà ce que de vous demande votre Roi.

SCÈNE II.

LES MÊMES, ALBERIC.

ALBERIC.

SIRE, tout en ce jour tourne à notre avantage,
Richard avec sa flotte aborde le rivage.

PHILIPPE.

(*A Chatillon.*)

Alberic, je vous suis.... Allons le recevoir;
Qu'il me tarde de le revoir!
Notre zèle est pareil, notre cause est commune;
De la fière Albion le soutien et l'espoir
Vient partager notre fortune;
C'est un heureux présage, et jamais nos soldats,
N'ont montré tant d'ardeur à voler aux combats.

Chacun avec transport s'apprête
A briller par les plus hauts faits ;
J'ai moi-même aujourd'hui de pressans intérêts,
Qui m'imposent la loi de hâter ma conquête.
La France dans mon cœur excite des regrets,
Tout mon peuple se plaint d'une trop longue absence,
Il demande son Roi.... par un juste retour ;
Moi j'ai la même impatience.
Il veut jouir de ma présence,
Je veux jouir de son amour.

(Il sort avec sa suite.)

SCÈNE III.

GUI DE CHATILLON, ROBERT.

CHATILLON.

Robert, mon cher ami, mon Ecuyer fidèle,
Reste ici, mon devoir auprès du Roi m'appelle ;
Les femmes à l'instant peut-être vont sortir,
Quand elles paraîtront, cours et viens m'avertir.

(Il sort.)

SCÈNE IV.

ROBERT (*Seul.*)

Seigneur, cela suffit. Peste ! les bonnes Dames
Doivent bien, par ma foi, chérir ces maris-là !
En voit-on beaucoup comme çà,
Venir si loin chercher leurs femmes ?

Air.

Ah ! que de pauvres désolées
Vont être consolées !

Nous rirons bien ce soir,
Ah, ah, ah, ah que de caresses,
Que de tendresses
Nous allons voir !

(*Sans chanter.*)

Elles ne viennent point.

Bonjour cher ami,
Bonjour mon mari.
Bonjour chère femme,
T'ennuyais-tu bien là,
Qu'as-tu fait dis-nous çà ?
Oh! oui, la bonne dame
Le contera,
Qu'as-tu fait, dis-nous çà ?
Hélas! hélas!
Cher ami, ne m'en parle pas.

(*Sans chanter.*)

Elles ne viennent point.

Ah! que de pauvres désolées
Vont être consolées !
Nous rirons bien ce soir,
Ah, ah, ah, ah que de caresses
Que de tendresses
Nous allons voir !

Mais à la fin je vois des Turcs paraître....
Voilà le troupeau féminin,
Madame Agnès est sans doute en chemin,
Allons vite, courrons avertir notre maître.

(*Il sort.*)

SCÈNE V.

ANSELME, *Turcs, femmes Françaises, ensuite* AGNÈS.

ANSELME (*aux Turcs.*)

(*On les voit sortir de la ville et passer sur une jetée qui conduit à la tour carrée.*)

Soldats, suivez en diligence
Les ordres de l'Emir.

UN SOLDAT.

Nous étions prévenus d'avance,
Et nous allons vous obéir.

(Pendant la ritournelle du chœur suivant, les soldats traversent la tour et lèvent la herse qui conduit à l'escalier sur le Théâtre, ils se tiennent en faction aux deux côtés de la herse et au haut de l'escalier, Anselme descend avec un groupe de femmes; au milieu du chœur, il vient encore un autre groupe conduit par des soldats, et à la fin un troisième groupe dont Agnès est la dernière; les soldats ne quittent pas le haut de l'escalier.)

Chœur de femmes.

Cessons de répandre des pleurs,
Le ciel exauce nos prières;
Il prend pitié de nos douleurs,
Il met un terme à nos misères.

(Une voix seule.)

Que de maux il a fallu souffrir
Avant de voir briser nos chaînes;
L'espoir de nous en affranchir
Pouvait seul adoucir nos peines.

Chœur. Cessons, etc.

SCÈNE VI.

LES MÊMES, CHATILLON, *(conduit par Robert, arrive après le Chœur.)*

CHATILLON.

Elle m'est donc rendue après quatre ans d'absence;
O ciel! à mon impatience!...

(Il voit Agnès traverser la levée qui conduit à la tour.)

C'est-elle.... chère épouse !

AGNÈS *(courant vers la tour.)*

O Dieu ! je te revoi !
Ah ! mon cœur élancé vers toi....

(Au moment où elle traverse la tour, un Officier et quatre Noirs se présentent de l'intérieur.)

L'OFFICIER *(à Agnès.)*

Arrêtez !

(Aux soldats qui sont en haut de l'escalier.)

Vous soldats, veillez à cette porte,
Agnès doit rester en ces lieux :
Omar vous le prescrit.

AGNÈS et CHATILLON.

Grands Dieux !

L'OFFICIER.

Empêchez qu'elle ne sorte.

AGNÈS *(pendant que les Noirs l'entraînent.)*

Chatillon, cher époux !

CHATILLON *(tirant son épée.)*

Ah ! quel comble d'horreur,
Vous trahisez.... Dieux quel outrage !
Et la foi des sermens et celle de l'honneur !

(Agnès disparaît tout-à-fait en criant :

Chatillon ! *)*

CHATILLON.

Où suis-je ?

(Il monte l'escalier, les gardes qui sont au haut l'empêchent d'avancer en lui présentant leurs lances ; Anselme et Robert le retiennent.)

(A Anselme et à Robert.) (Aux Soldats.)

Laissez-moi..... craignez tout de ma rage.

ANSELME.

Seigneur, vous vous perdez.

CHATILLON.

Le sort en est jeté.

ANSELME.

Ecoutez....

CHATILLON.

Non, dans cette extrémité....

ANSELME.

(L'entraînant avec Robert sur l'avant-scène.)

Espérez tout, laissez-moi tout conduire,
Ces femmes sont en sûreté,
Moi je rentre à la ville, où je saurai m'instruire
De ce que sur son sort, on aura projeté,
Et s'il se peut, je reviens vous le dire.

CHATILLON.

Trop généreux ami, je tremble aussi pour toi.

ANSELME.

Hé Seigneur! qu'importe ma vie,
Depuis long-temps elle est à vous, à ma patrie,
Je vous rends ce que je lui dois.

(Il remonte l'escalier et les Turcs baissent la herse quand il est entré.)

SCÈNE VII.

CHATILLON, ROBERT, *femmes.*

CHATILLON (*aux femmes.*)

Laissez-moi seul ici.... vous allez voir vos frères;
Vous allez embrasser vos époux et vos pères,
Et moi.... ciel!.... (*à Robert.*) conduit-les.

ROBERT.

Pas bien loin, dieu merci,
Le quartier-général est à deux pas d'ici.

(*Il sort avec les femmes.*)

SCÈNE VIII.

CHATILLON (*seul.*)

Ariette.

Dans quel abîme de malheur
Le sort en courroux me replonge!
Je touchais à l'instant aux portes du bonheur,
Il ne fut pour moi qu'un beau songe.
Tremblez fiers ennemis
L'orage est sur vos têtes!
De nos Rois réunis
Les vengéances sont prêtes;
Vous attirez sur vous
Tous les maux de la guerre,
Et le ciel en courroux,
Pour vous écraser tous,
Nous prête son tonnerre.

Mais si cette nuit même on force ce rempart,
N'ais-je pas tout à redouter d'Omar?
Mon épouse restée au pouvoir du barbare....
O ciel! de tous côtes quelle horreur se prépare!

SCÈNE IX.

CHATILLON, ROBERT.

ROBERT.

Je ne puis vous laisser seul à votre douleur :
Allons, remettez-vous Seigneur ;
Voici notre Roi qui s'avance ;
Ses alliez, suivis de leurs soldats,
Jusqu'ici même accompagnent ses pas ;
Venez au-devant d'eux.

CHATILLON.

Irai-je en leur présence
Faire éclater le trouble de mon cœur ?
Laisse-moi seul ici renfermer ma douleur.

(*Il entre dans une des tentes à droite du spectateur, Robert l'y suit.*)

SCÈNE X.

Marche des Français, Anglais et Allemands, en trois corps de troupe séparés, ayant leurs bannières à la tête, ils se rangent aux côtés et au fond du Théâtre ; à la fin de la marche Philippe arrive avec Richard et Fréderic Barberousse, suivis de leurs Pages, Officiers et Ecuyers portant leurs armures, leurs bannières, etc.

PHILIPPE (*aux deux Rois.*)

Fidèles alliés sous ces murs réunis,
Combien votre retard m'avait causé d'allarmes !
Je vous revois enfin, j'embrasse mes amis.
Tout me répond du succès de nos armes.

Depuis

Depuis trois mois croyez qu'au haut de ces remparts,
Opposant au Croissant la hache meurtrière,
J'aurais pu de nos Lys placer les étandarts,
Et soumettre à mes loix cette ville trop fière.
Mais j'ai dû retenir la valeur des Français ;
La plus belle victoire à pour moi peu de charmes,
Si mes amis, mes frères d'armes,
Ne peuvent partager ma gloire et mes succès.

CHATILLON (*sortant de la tente.*)

(*A Philippe.*)

Seigneur, votre Conseil à daigné me choisir
Pour commander sous vous et diriger l'armée ;
Ce poste si doux à remplir,
Devient encor plus cher à mon ame enflamée.

(*Aux soldats.*)

Cette nuit même, amis, les dangers vont s'offrir ;
Combattons et jurons de vaincre ou de mourir.

CHATILLON, *Finale.*

Qu'on prépare tout ce qu'il faut,
Dès cette nuit donnons l'assaut.
Sur cette race ennemie
Nous sommes certains du succès,
Notre accord avec les Anglais,
Doit faire trembler l'Asie.

Chœur de Français.

Qu'on prépare, etc.

PHILIPPE.

Modérez ce juste transport.

CHATILLON et LES FRANÇAIS.

Qui peut nous retenir encor ?

PHILIPPE.

La trève existe encor.

CHATILLON.

La trève, elle est rompue.
Mon épouse est captive encor,
Et ne m'a point été rendue.
Que rien n'arrête nos desseins,
Arrachons-la de leurs mains.

Chœur de Français.

Que rien n'arrête nos desseins,
Arrachons-la de leurs mains.

PHILIPPE.

Hé bien !
Qu'on prépare tout ce qu'il faut,
Dès cette nuit donnons l'assaut.

Duo entre Philippe et Richard.

Sur cette race ennemie
Nous sommes certains du succès,
RICHARD.
Notre accord avec les.... *Français.*
PHILIPPE.
Anglais.
Doit faire trembler l'Asie.

Chœur de Français, Anglais et Allemands.

Qu'on prépare tout ce qu'il faut, etc.

(*Pendant la ritournelle les Anglais et les Allemands passent tous du côté des Français, et font une ligne diagonale sur trois de hauteur en face des murs de la ville.*)

PHILIPPE, RICHARD, CHATILLON, FRÉDÉRIC, BARBEROUSSE.

Jurons d'y porter la foudre ;
Que dans ces infâmes remparts
La mort vole de toutes parts.
Jurons de les réduire en poudre ;
Venez braves guerriers
Moissonner des lauriers.

Chœur général.

Jurons de, etc.

N. B. Pendant la ritournelle les Rois prennent leurs boucliers des mains de leurs Ecuyers, ceux qui portent leurs bannières sont derrière eux de façon qu'il n'y ait à la ligne diagonale que les soldats des trois Nations.

Au premier mot jurons, les Rois et Chatillon tirent leurs épées; au second ils portent leurs boucliers horisontalement; et au troisième ils posent leurs épées sur leurs boucliers.

Les Soldats reprennent le même chœur ensuite, en faisant le même exercice.

Dans l'Allégro, quand on dit: *venez braves guerriers*; les Soldats du premier rang se retournent vers ceux du second en présentant leurs piques horisontalement, ceux du second croisent aussitôt leur piques sur celles de leurs camarades.

A la fin ils se retirent précipitamment en deux gros pelotons et en agitant leurs piques, les Rois se mettent au milieu avec leurs Ecuyers et leurs bannières.

Fin du deuxième acte.

ACTE III.

(Le Théâtre représente l'intérieur d'une prison ; au fond, à gauche du Spectateur, est la porte d'entrée où l'on arrive par plusieurs degrés ; et à la seconde coulisse à droite est une porte grillée, qui est supposée conduire aux souterrains.)

SCÈNE PREMIÈRE.

AGNÈS seule (*assise près d'une table de pierre.*)

RÉCITATIF.

Voilà donc le destin qui m'était réservé,
Mon digne époux est conservé :
J'allais jouir de sa présence,
Tout secondait mes vœux...... une barrière immense
M'en sépare à l'instant où je l'ai retrouvé.
Châtillon!.... cher époux!.... Ah!.... ces voûtes funèbres
Répètent ton nom avec moi ;
Mes cris plaintifs ne vont pas jusqu'à toi.....
Quel silence ! ces fers..... ces épaisses ténèbres
Augmentent encore mon effroi.

Air lent.

Dieu ! tu sais si je suis à plaindre,
Sur l'avenir viens m'éclairer ;
Mais, dois-je le desirer ?
Dois-je plutôt le craindre ?

Air vif.

Non, le Ciel ne permettra pas
Que des plus noirs attentats
Je devienne la victime,
Ou si l'on m'opprime
Il vengera mon trépas.

Il soutint mon courage
Dans les plus grands revers;
Il sait les maux que j'ai soufferts;
Il acheva son ouvrage.

J'entends du bruit..... où fuir? C'est le tyran, sans doute.

SCENE II.

AGNÈS, ANSELME.

AGNÈS (*se jetant dans les bras d'Anselme.*)

Cher Anselme! c'est toi... par quel coup imprévu?...

ANSELME.

Mon Firman de ses tours m'a fait ouvrir la route,
Et je viens vous sauver.

AGNÉS.

Me sauver!..... que dis-tu?

ANSELME.

Oui, Madame, prenez courage;
Le Roi Richard est débarqué,
Et la trève est rompue; on a déjà bloqué
La porte de retraite et celles du rivage;
Et le grand mur est attaqué.

AGNÈS.

De mon époux, ô ciel! prends la défense!

ANSELME.

Les deux Emirs, par leur présence,
Animent les soldats et dirigent leurs coups;
J'ai profité de leur absence
Pour vous sauver, Madame, ou périr avec vous.

AGNÈS.

Ah! que n'est-il en ma puissance
D'offrir à tes vertus leur digne récompense.

ANSELME.

Allons, ne perdons point de temps,
Madame.

AGNÈS (*s'arrêtant*).

Je te suis..... Mais ton zèle t'égare;
Eh comment échapper à la garde barbare
Qui de ce fort?...

ANSELME.

C'est un de ces momens
Où le courage est nécessaire;
Suivez-moi, seulement, et me laissez tout faire.
Les gardiens de ces lieux connaissent mon pouvoir,
Je vais leur dire que ce soir
Omar m'a commandé de vous changer d'asyle;
Une fois hors d'ici, j'ai gagné, dans la ville,
Un Citoyen obscur qui doit nous recevoir.
Allons, sortons, la nuit nous favorise.

AGNÈS (*suivant Anselme.*)

Veuille le Ciel protéger l'entreprise!

(*Au moment où elle gagne l'escalier, elle entend un bruit, et dit toute effrayée.*)

Anselme, quelqu'un vient ici.

ANSELME.

Ah! cachez le trouble où vous êtes.

SCÈNE III.

AGNÈS, ANSELME, OMAR, quatre NOIRS, (*portant des flambeaux*) un OFFICIER Turc.

OMAR (*aux Noirs, montrant Anselme.*)

Qu'on retienne ce traître et qu'on veille sur lui.
Vous m'en répondrez sur vos têtes.

(*A Anselme.*)

Ton crime est avéré, tu nous as trahi tous;
C'est toi qui dis à son époux
Le secret qu'il lui fallait taire.
Ta perfidie a ranimé sur nous
Des Rois Chrétiens l'implacable colère;
Ils ont forcé mon poste après plusieurs assauts;
Si mon frère ne peut arrêter leur furie,
Nous perdons en ce jour la liberté, la vie,
Et tout le fruit de nos travaux.

RÉCITATIF.

(*A Anselme.*) Et nos malheurs sont ton ouvrage.
(*A l'Officier.*) Du plus affreux trépas qu'on fasse les apprêts.

(*L'Officier sort.*)

MESURÉ.

Tes odieux projets
T'ont voués à ma rage,
Tes supplices sont prêts;
Ils ne pourront jamais
Egaler tes forfaits
Et venger mon outrage.

TRIO.

ANSELME.	AGNÈS.	OMAR.
Ah Seigneur !	Ah Seigneur !	Non, point de pitié,
Ah Seigneur !	Ah Seigneur !	Il trahit l'amitié.
Suspendez par pitié.	Suspendez par pitié.	De pitié.
Je fus coupable,	Il fut coupable,	Tremble misérable !
Mais serez-vous inexorable?	Mais serez-vous inexorable?	Tes infâmes conseils
		Font le malheur qui nou
Non, je fus seul coupable.	Ah ! ce sont mes conseils	accable.
	qui l'ont rendu coupable.	Tremble misérable!
Je suis le seul coupable ;	Ah ! ce sont mes conseils	Par la mort du coupable
	qui l'ont rendu coupable ;	effrayons ses pareils.
Mais serez-vous inexorable?	Mais serez-vous inexorable?	Je suis inexorable.
		Tremble misérable !

OMAR.

Pour vous, Madame, il faut me suivre.

AGNÈS.

Sans doute son trépas doit m'annoncer le mien ?

OMAR.

Non, Madame, vous devez vivre ;
Votre crime n'est pas le sien.
Je ne vous parle plus d'une indiscrète flamme ;
Un autre, je le sais, occupe seul votre ame ;
Mais je dois de mon père accomplir les desseins,
Seul arbitre de vos destins,
Il veut que dans son camp je vous guide moi-même ;
Je connais de longs souterrains
Par où je puis sortir et vous mettre en ses mains.
Venez.

AGNÈS.

Seigneur, voyez mon trouble extrême,
Voyez votre captive embrasser vos genoux ;
C'est bien assez long-temps opprimer l'innocence,
Vous, fils de Saladin ! vous, guerrier ; pouvez-vous
Abuser de votre puissance

Contre

Contre une infortunée en pleurs et sans défense?
Vous m'avez tout ravi, mon espoir le plus doux,
Ma liberté, mes biens et mon époux,
Que faut-il à votre vengeance?

OMAR.

En vain vous croyez m'attendrir.
Obéissez. . . . .

AGNÊS.

Eh bien! rien ne peut te fléchir;
Mais je crains peu le courroux qui t'enflamme:
Mon époux est vivant, le Ciel pour te punir.....

OMAR (*l'entraînant vers la grille.*)

Pour la dernière fois, obéissez, Madame.

SCÈNE IV.

AGNÈS, ANSELME, OMAR, HASSAN,
NOIRS, GARDES.

HASSAN.

La ville est prise, Omar, et voilà le seul fort
Où nous puissions nous retrancher encor.

AGNÈS (*s'arrachant des mains d'Omar pour aller vers Hassan, Omar la retient.*)

Hassan! mon digne appui, mon Ange tutélaire
Accourez Prince et sauvez-moi
De la fureur de votre frère.

HASSAN.

O Ciel! qu'est-ce que j'aperçois?
Vous, Madame, en ces lieux?..... Quel horrible mytsère!
Omar, qu'avez-vous fait?

OMAR (*froidement.*)

Ce que vous deviez faire.
Auriez-vous dû renvoyer aux Français
Ces captives qu'ici nous tenions en ôtage ?
Leurs époux craignant nos outrages,
Nous auraient épargné les maux qu'ils nous ont faits.

HASSAN.

C'est vous-même, c'est vous qui causez notre perte,
En violant la foi donnée à Châtillon ;
Avez-vous pu penser que votre trahison
Ne serait jamais découverte ?
Voyez où vous nous réduisez,
Nos murs sont abattus, nos Soldats dispersés ;
Tout présente l'affreuse image
D'une ville assiégée et livrée au pillage.
Forcé de céder au malheur,
J'amène ici quelques cohortes ;
Ce fort peut des Chrétiens arrêter la valeur ;
Mais du moins pour Agnès j'en ouvrirai les portes,
Ainsi nous le prescrit l'honneur.

MORCEAU D'ENSEMBLE.

HASSAN (*à Agnès.*)

Victime infortunée,
Dissipez votre effroi,
Ma parole vous est donnée ;
Je vais vous rendre à votre Roi.

OMAR.

O Ciel ! Hassan qu'allez-vous faire ?

HASSAN (*à Agnès.*)

Venez, Madame, suivez-moi.

OMAR.

O Ciel ! Hassan, qu'allez-vous faire ?
(*lui donnant un papier.*)
Lisez les ordres de mon père.

HASSAN (*surpris.*)

Les ordres de mon père !

AGNÈS, ANSELME (*à part.*)

Que faut-il que j'espère ?

HASSAN (*froidement en lui rendant le papier.*)

Vous fait-il une loi
De manquer à votre foi ?
Venez, Madame, suivez-moi.

OMAR.

Arrête !

HASSAN.

Ciel ! mon frère !

OMAR.

J'obéis à mon père,
Je remplis mon devoir;
Rien ne peut la soustraire
A mon pouvoir.

HASSAN.

Je saurai la soustraire
A ton pouvoir.

OMAR.	HASSAN.	AGNÈS, ANSELME.
Crains ma juste colère, Je remplis mon devoir; Ne crois pas la soustraire A mon pouvoir.	Crains ma juste colère, Je remplis mon devoir. Je saurai la soustraire A ton pouvoir.	Appaisez sa colère, Vous êtes notre espoir; Puissiez-vous nous soustraire A son pouvoir.

(*On entend pendant tout le reste du morceau des coups de bélier qui augmentent par degrés.*)

CHOEUR (*derrière le Théâtre jusqu'à la fin du morceau.*)

Détruisons ces remparts.

OMAR.

Quel bruit ! quel nouveau trouble !

CHOEUR.

Détruisons ces remparts.

HASSAN, OMAR.

O Ciel ! de toutes parts
 Le bruit redouble.

CHOEUR.

Détruisons ces remparts.

OMAR.

O fureur ! ô vengeance !

AGNÈS, ANSELME.

O Dieu ! prends ma défense !

OMAR (*regardant Agnès.*)

O fureur, ô vengeance !
Elle est encore en ma puissance.

HASSAN.

Elle n'est plus en ta puissance,
 Mon bras prends sa défense.

CHOEUR.

Vengeance ! vengeance !

OMAR.

Dieux ! je perdrais ma vengeance,
Qu'elle quitte avec moi ces lieux,
Ou je l'immole à tes yeux.

(*Il tire son cimeterre.*)

HASSAN (*tirant aussi le sien.*)

L'immoler à mes yeux,
Non, je prends sa défense.

OMAR.	HASSAN.	AGNÈS, ANSELME.	CHOEUR.
Vengeance !	Vengeance !	Vengeance !	Vengeance !
Qu'elle quitte ces lieux,	L'immoler à mes yeux,	O Dieu ! prends ma défense.	Ces remparts odieux
Ou je l'immole à tes yeux.	Non, je prends sa défense.		Sont en notre puissance.
Vengeance !	Vengeance !	Vengeance !	Vengeance !

SCÈNE V.

LES MÊMES, PHILIPPE, RICHARD, CHATILLON, *Soldats, Français, Anglais.*

(*Le mur du fond de la prison s'écroule, Philippe, Richard et Barberousse, suivis de Chatillon et des Soldats, entrent par la brèche au moment où Omar allait poignarder Agnès, Chatillon délivre son épouse tandis que six Soldats croisés entraînent Omar de l'autre côté du Théâtre, en lui mettant leurs épées sur la poitrine, Hassan va se mettre au milieu du Théâtre entre les Rois. Les Soldats croisés achèvent de disperser les Turcs, on voit à travers la brèche des maisons en feu et les béliers qui ont abattu cette partie de la Tour. Une machine de guerre portant des combattans est roulée contre un bastion que quelques Turcs veulent encore défendre, ils sont bientôt vaincus et précipités du haut en bas des remparts; plusieurs femmes et enfans Turcs sont poursuivis au dehors par les Croisés, et dans tout le fond sur un bout du bastion on plante des bannières aux armes de France.*)

PHILIPPE (*A Omar.*)

Prince livrez-vous à ma foi,
Vous êtes mon captif par le droit des conquêtes,
Je n'abuserai point de l'état où vous êtes,
Et je dois me vanger en Roi.

Votre père a des droits à ma reconnaissance;
Et pour m'acquitter aujourd'hui,
Je vous remets en ma puissance.
Allez soldats, conduisez-le vers lui :
Saladin vous fera connaître
Quels traitemens on doit faire aux vaincus ;
Et vous serez puni peut-être,
Par l'exemple de ses vertus.

(*On emmène Omar.*)

(*A Hassan.*)

J'ai promis aux soldats, compagnons de ma gloire,
De partager entre eux le fruit de ma victoire ;
Votre rançon leur appartient Seigneur,
Mais vous la fixerez vous-même.

AGNÈS (*à Philippe.*)

Sire, pendant quatre ans il fut mon protecteur,
Il adoucit mon infortune extrême,
Aujourd'hui même encore, c'est à lui que je doi
Le bonheur de revoir mon époux et mon Roi,
Souffrez, Seigneur, que de sa délivrance,
Le prix vous soit remis par mon époux et moi.

CHATILLON.

Oui, Sire, tous mes biens sont en votre puissance
Et qu'il soit libre.

RICHARD (*vivement.*)

Il l'est, et conservez vos biens ;

(*A Hassan.*)

Hassan, votre cœur magnanime
Vous fait admirer des Chrétiens,
La vertu brise vos liens,
Et je suis acquitté si j'obtiens votre estime.

HASSAN.

Elle est à vous Seigneur ; j'ai rempli mon devoir.
L'amitié des héros dont j'ai la marque insigne,
Calme tous mes chagrins, et j'emporte l'espoir
De vous prouver que j'en suis digne.

(*Il sort.*)

PHILIPPE (*aux Soldats.*)

La gloire en ce beau jour couronne nos exploits,
Dans peu Jérusalem va recevoir nos loix ;
Ne souillez pas votre victoire,
Par des excès qu'on ne peut trop blâmer :
Il est beau, mes amis, de se couvrir de gloire,
Mais qu'il est doux de se faire estimer !

GRAND CHOEUR FINAL.

Chantons la gloire de nos armes ;
C'est célébrer nos souverains,
Quand ils partagent nos destins :
Les dangers ont pour nous des charmes.

AGNÈS, CHATILLON (*à Anselme.*)

Duo.

Toi dont l'amitié peu commune,
Cher Anselme, a tout fait pour moi,
Je ne fais cas des dons de la fortune
Que pour en jouir avec toi.

ANSELME.

J'avais déjà ma récompense,
Mon cœur m'avait payé d'avance ;
Que le premier de vos bienfaits
Soit de ne m'en parler jamais.

CHOEUR GÉNÉRAL.

Chantons la gloire de nos armes ;
C'est célébrer nos souverains ,
Quand ils partagent nos destins :
Les dangers ont pour nous des charmes.

FIN.

www.ingramcontent.com/pod-product-compliance
Ingram Content Group UK Ltd.
Pitfield, Milton Keynes, MK11 3LW, UK
UKHW021131230726
13926UKWH00002B/728

9 782014 019254